AMOUR ET PRUNEAUX

COMÉDIE-VAUDEVILLE EN UN ACTE

PAR

MM. VARIN ET VANDERBURCK

Représentée pour la première fois, à Paris, sur le théâtre du PALAIS-ROYAL, le 11 novembre 1857.

PARIS
MICHEL LÉVY FRÈRES, LIBRAIRES-ÉDITEURS
RUE VIVIENNE, 2 BIS
1857

Distribution de la pièce.

RIPONNEAU, ancien épicier..............	M. Arnal.
ARSÈNE DUMOULIN, sa femme..........	Mme Octave.
MATHIEU, son domestique...............	MM. Amant.
SÉBASTIEN, fils de Riponneau............	Octave.
HERSILIE, femme de Sébastien...........	Mlles Adrienne.
CLORINDE, fille de Riponneau............	Melcy.
BAUDRUCHE, mari de Clorinde et professeur de gymnastique......................	M. Poirier.

La scène chez Riponneau, dans une maison de campagne, près de la ville de Tours.

AMOUR ET PRUNEAUX

Un salon bourgeois au premier étage : porte d'entrée au fond, porte à droite au troisième plan, porte à gauche au troisième plan ; fenêtre à droite au premier plan donnant sur un balcon ; une autre fenêtre à gauche au premier plan, à gauche un guéridon sur lequel deux couverts sont servis.

SCÈNE PREMIÈRE.

MATHIEU, puis HERSILIE.

MATHIEU, entrant par la droite, portant deux assiettes : dans l'une du beurre, dans l'autre des radis.

Il n'est que huit heures ! c'est égal !.. achevons toujours de mettre le couvert ! M. Riponneau aime à déjeuner de bonne heure... surtout quand sa femme est ici, afin qu'elle retourne plus vite à Tours ! (Allant au guéridon.) Le beurre de ce côté... les radis de l'autre... (Il pose les deux objets.) Drôle de ménage !.. Madame à la ville, et Monsieur à la campagne !.. Après ça, presque tous les ménages sont drôles !.. aussi je suis bien aise qu'on ne m'ait jamais demandé en mariage.

Air : *Un homme pour faire*, etc.

J'aurais fini par accepter,
Tant je suis faible au fond de l'âme :
Je n'ai jamais su résister.
O Dieu ! si j'avais été femme,
Ma conduite eût fait de l'éclat :
D'amour je n'euss' pas été chiche,
J'aurais été c'qu'on nomme un rat,
Et maint'nant je s'rais un' vieille biche ;
Je ne serais plus qu'un' vieille biche.

HERSILIE, qui est entrée *.

Il signor Riponneau si vi piace?

MATHIEU.

Plaît-il, Madame?

HERSILIE.

Il signor Riponneau?

* H. M.

MATHIEU, à part.

Il signor! Elle baraguine!.. (Haut.) Vous voulez dire M. Riponneau... il est sorti?

HERSILIE.

Sorti! ah! diavolo!

MATHIEU.

Il est allé donner un coup d'œil à ses pruniers!.. Madame désire acheter des pruneaux?

HERSILIE.

No! no!

MATHIEU.

Madame est épicière dans les environs?

HERSILIE.

No! no! addio! (Elle sort.)

MATHIEU, la suivant.

Mais si Madame voulait me dire...

SCÈNE II.

MATHIEU, BAUDRUCHE.

BAUDRUCHE, entrant par la fenêtre de droite *.

Ma foi! j'ai escaladé le balcon!.. tout chemin mène à Rome!

MATHIEU, se retournant.

Hein?

BAUDRUCHE.

M. Riponneau, s'il vous plaît?

MATHIEU, à part.

Par où est-il entré, celui-là?

BAUDRUCHE.

M. Riponneau, si ça vous est égal?

MATHIEU.

Il est absent.

BAUDRUCHE.

Déjà levé? il est matinal!.. Au fait il est veuf... et quand on est veuf... (Il fait des poses gymnastiques.)

MATHIEU, à part.

Est-ce qu'il tombe d'un mal? .

BAUDRUCHE, examinant.

Belle maison! beau jardin!.. l'immeuble est assez chic!.. Et vous dites qu'il n'y est pas?

MATHIEU.

Je le dis parce que ça est!.. Il va tous les matins inspecter ses pruniers!.. Cet homme n'a qu'une passion, c'est les pruneaux!.. Et cette passion-là n'est pas coûteuse... au contraire, elle lui rapporte des écus!..

BAUDRUCHE.

J'entends! c'est une passion à noyaux.

* M. B.

MATHIEU.

Ça tient à son ancien commerce : cet homme a eu l'honneur d'être épicier à Paris, rue des Lombards... à preuve que moi j'étais son caissier!..

BAUDRUCHE.

Son caissier?

MATHIEU.

C'est moi qui arrangeais les caisses... ses pruneaux jouissaient d'une grande vogue!

Air du *Piége*.

Il en vendait!.. il en vendait!
Lui seul plus que tous ses confrères!
Croiriez-vous qu'il en importait
Jusque dans les quatre hémisphères?
Oui, c'est à ce fruit nourricier,
Qu'il doit ses richess's peu communes.

BAUDRUCHE.

Ce qui prouve que l'épicier
N'a pas travaillé pour des prunes!

MATHIEU.

C'est ce qu'on disait rue des Lombards... qui est une rue très-spirituelle!.. Pour lors, une fois riche, cet homme a vendu sa charge et il s'est acheté un bien, cette maison, à une demi-lieue de Tours!

BAUDRUCHE.

Bah! cette maison aurait une demi-lieue de tour? vous exagérez!

MATHIEU.

Mais non!.. je dis à une demi-lieue de la ville de Tours.

BAUDRUCHE.

Ah! bon!... deux kilomètres!

MATHIEU.

Et, pour charmer ses loisirs, il s'est mis à cultiver des pruneaux!

BAUDRUCHE.

Comme Cincinnatus!.. beau caractère! (Il fait des poses.)

MATHIEU, à part.

Encore! ce doit être un tic nerveux?

BAUDRUCHE.

Et quand sera-t-il visible, ce ci-devant droguiste?

MATHIEU.

Ses pruniers ne sont pas loin, et, si vous voulez, je vais vous indiquer... (Il va à la fenêtre de gauche.)

BAUDRUCHE, à part.

Courir au soleil!.. plus souvent!.. j'aime mieux revenir!... (Il sort par la fenêtre de droite.)

MATHIEU, au fond.

Suivez bien mon doigt, vous prenez à gauche. (Ne le voyant

plus.) Eh bien!.. où a-t-il passé?.. Encore par la fenêtre!.. Est-ce que ce serait un singe?..

SCÈNE III.

MATHIEU, ARSÈNE.

ARSÈNE, sortant de la chambre *.

Ah! bonjour, Mathieu!.. Où est donc M. Riponneau?

MATHIEU.

A ses pruniers, Madame!.. toujours à ses pruniers!

ARSÈNE.

Mais c'est une rage, une maladie! Je crois qu'il me sacrifierait, moi, son épouse, pour une livre de pruneaux!

MATHIEU.

Oh! une livre!.. (A part.) Un kilo, je ne dis pas.

ARSÈNE.

Ah! Mathieu! il ne m'a jamais aimée!

MATHIEU.

Oh! si!.. Il ne vous aime que trop.

ARSÈNE.

Que trop? Non, Mathieu!. Quand on aime une femme, on l'épouse sans conditions... et celle qu'il m'a imposée est du dernier ridicule!

MATHIEU.

Non, Madame.

ARSÈNE.

Comment tu ne trouves pas ça absurde?.. nous marier à l'insu du monde entier! faire un mystère d'une union aussi sortable que légitime!

MATHIEU.

On a vu des exemples de ça!.. Nous avons, d'abord, madame de Maintenon et feu Louis XIII...

ARSÈNE.

Comment, Louis XIII?

MATHIEU.

Était-ce bien Louis XIII?

ARSÈNE.

D'ailleurs, Louis XIII ne vendait pas des pruneaux!

MATHIEU.

Il me semble que cela ne l'aurait pas déshonoré!

ARSÈNE.

Je te demande à quoi sert d'avoir un mari pour vivre à l'instar du soleil et de la lune, lui ici, et moi à Tours! au point que je ne puis le voir qu'à la sourdine, comme une femme du treizième!

* M. A.

MATHIEU.

Tant pis! pourquoi l'avez-vous ensorcelé?

ARSÈNE.

Moi?

MATHIEU.

Oui, Madame! c'est le mot!.. Cet homme était veuf et tranquille comme Baptiste... Un beau matin, il va à Tours pour acheter une cravate, il entre chez une mercière!.. c'était vous!.. car vous étiez mercière?

ARSÈNE.

Je n'en rougis pas.

MATHIEU.

Enfin vous l'étiez! Il essaye une cravate, vous lui faites un nœud à sa cravate!.. ô!.. misère!.. voilà un homme pris comme dans une souricière...

ARSÈNE.

Eh bien! après?.. Je suis sûre qu'il ne s'en plaint pas!..

MATHIEU.

Et ses enfants, Madame! car il en a deux de sa première... un fils et une fille!... Il leur avait juré de ne jamais convoler! et il en a pris une seconde!

ARSÈNE.

Ça se voit tous les jours!.. et ils prendront leur parti!.. à moins qu'ils ne soient bien mal embouchés.

MATHIEU.

Mal embouchés!.. Madame, c'est moi qui ai guidé leur adolescence... dans mes moments perdus! Le fils, M. Sébastien, est un sujet distingué... à l'âge de treize ans, il jouait déjà de l'accordéon comme un homme très-âgé! et son père l'a envoyé en Italie pour développer cette nature d'élite! ce lyrisme!

ARSÈNE.

Quelle bêtise!.. il aurait pu être un excellent épicier!

MATHIEU.

Ce n'est pas aussi facile qu'on le pense!.. c'est un état dont il faut bien connaître les ficelles!.. Quant à sa fille Clorinde, une femme qui a de la littérature... elle est en Valachie, à Bucharest, où elle a fondé un établissement de cigares, mélangés de chinois.

ARSÈNE.

Et M. Riponneau n'ose pas leur écrire!.. c'est trop fort!.. Il y a longtemps qu'il aurait dû le faire.

MATHIEU.

Longtemps!.. et voilà seulement onze jours que vous êtes mariés!

ARSENE.

Mais, onze jours, c'est un siècle!.. ma position est trop fausse!.. je ne peux plus y tenir *!

* A. M.

MATHIEU.

Alors, il ne fallait pas accepter la condition!., vous pouviez la refuser... vous étiez libre!..

ARSÈNE.

Libre!.. peut-être!..

MATHIEU.

Comment?..

ARSÈNE.

J'avais des motifs!.. Car, moi aussi j'avais fait un serment!

MATHIEU.

Vous me renversez!

ARSÈNE.

Ah! Mathieu!.. une femme jeune encore, et qui n'est pas trop déchirée, est exposée à bien des orages!

MATHIEU.

Des orages!.. Auriez-vous été grêlée?

ARSÈNE.

Eh non!.. c'est un autre accident!.. L'année dernière, un jeune homme...

MATHIEU.

Un jeune homme?

ARSÈNE.

Ah! Mathieu! qu'il était bien cet être-là!..... vif! souple! adroit! avec un bel état dans le monde.

MATHIEU.

Passementier?

ARSÈNE.

Professeur de gymnastique!... et d'une humeur si enjouée!.. Au moment où je m'y attendais le moins, il sautait dans ma chambre... par la fenêtre, et n'en sortait jamais par la porte!

MATHIEU, à part.

Tiens! comme le singe de tout à l'heure!

ARSÈNE.

Une femme n'est jamais insensible à ces caractères-là... et je l'aurais aimé, s'il eût eu seulement quarante mille livres de rentes... Mais rien!.. gueux comme un rat!.. et pas un élève!.. Nous rompîmes!... Il partit pour d'autres climats, mais avant je lui jurai de n'appartenir jamais à n'importe qui!...

MATHIEU.

C'est une boulette!

ARSÈNE.

Arsène! me dit-il en me montrant le poing... il était si drôle!.. Arsène, je reviendrai un jour ou l'autre: si je vous retrouve au pouvoir d'un tiers, amant ou mari!... je le tue, je vous tue!... et nous verrons après, sacrebleu!

MATHIEU.

Quel sauvage!

ARSÈNE.

Et il le ferait comme il l'a dit, car il m'adorait.

MATHIEU.

Et vous avez passé outre?..

ARSÈNE.

Que veux-tu? j'ai patienté longtemps, et ne voyant rien venir, je me suis rabattue sur M. Riponneau.

MATHIEU, à part.

Malheureux homme!... malheureux épicier!

SCÈNE IV.

LES MÊMES, RIPONNEAU.

RIPONNEAU, entrant par le fond *.

Mathieu! Mathieu! vite une chaise!... je m'affaisse! je m'affaisse!...

ARSÈNE.

Ah! mon ami, comme vous êtes pâle!

RIPONNEAU.

Comment, Madame, vous êtes encore ici?... Partez, fuyez... pour l'amour de Dieu!

ARSÈNE.

Ah çà! sur quelle herbe avez-vous marché?

RIPONNEAU.

Fuyez, retournez à Tours, et dare et dare!...

ARSÈNE.

Mais rien ne presse! Je n'ai pas déjeuné.

RIPONNEAU, prenant un gros morceau de pain.

Prenez une bouchée de pain, vous la mangerez en route!

ARSÈNE.

Du pain sec?

RIPONNEAU.

Avec un radis, mais filez!

MATHIEU.

Monsieur, l'omelette est sur le feu.

RIPONNEAU.

Nous la mangerons la semaine prochaine!... (A Arsène.) Partirez-vous?

ARSÈNE.

Ah! Monsieur! je le disais bien! vous ne m'aimez pas!.. vous me détestez!...

RIPONNEAU.

Moi! ne plus t'aimer!... ô Arsène!... tu es toujours ce que j'ai de plus cher au monde... après moi!... et les pruneaux!... mais si tu savais le coup que je viens de recevoir!...

ARSÈNE.

Un coup?

RIPONNEAU.

Le facteur que j'ai rencontré!

* A. R. M.

MATHIEU.

Il vous a frappé ?

RIPONNEAU.

De stupeur! avec une lettre!

ARSÈNE.

De qui?

RIPONNEAU.

De mon fils!

MATHIEU.

M. Sébastien?

RIPONNEAU.

Oui, le drôle!... il a quitté l'Italie et son ciel bleu!... Je brûle de le serrer dans mes bras!... et sans m'avertir, le gredin!... Il vient de Paris; il peut arriver dans une heure, dans un quart d'heure, dans un clin d'œil!

ARSÈNE.

Eh bien! je n'y vois pas grand mal. Vous me présenterez à lui, vous lui direz : Voilà ma femme, et tout sera dit!

RIPONNEAU.

Moi! Arsène! moi, que je lui avoue de but en blanc!... mais vous êtes folle!... Un fils qui me chérit et qui compte sur mon héritage, qui se dit : « Papa est veuf, après lui les picaillons! » Vous ne comprenez pas ça, vous, c'est de l'esprit de famille... mais lui le comprend très-bien!.. En t'épousant, je l'ai frustré, j'ai rogné ses espérances, et s'il apprenait jamais que j'ai épousé la belle Arsène, comme il est musicien, il serait capable de me donner sa malédiction avec deux ou trois bémols à la clef!

ARSÈNE.

Ah! vous vous forgez des utopies... voulez-vous que je me charge de lui apprendre...

RIPONNEAU.

Non! non! j'amènerai ça en douceur .. si je peux... si je trouve un biais!... Ah! pourquoi me suis-je remarié?...

ARSÈNE.

C'est flatteur!... Et vous, Monsieur, pourquoi avez-vous des enfants?

RIPONNEAU.

Oh! j'aime beaucoup ça!... Est-ce que c'est de ma faute?

ARSÈNE.

Je ne l'ai jamais pensé!

RIPONNEAU.

Heureusement ma fille Clorinde n'est pas ici!... ce serait le bouquet... (A Arsène.) Mais fichez-moi donc le camp! vous me faites mourir!

ARSÈNE.

Soit! on s'en va! Le temps de prendre mon chapeau, et je pars!... mais vous me promettez...

RIPONNEAU.

Tout, Arsène, tout... Je parlerai à mon héritier!... je braverai le courroux de mon fils!

ARSÈNE.

C'est égal! il est bien désagréable quand on meurt de faim!

MATHIEU.

Si Madame voulait une tartine de beurre?

ARSENE.

Oh! une tartine!.. je déjeunerai à Tours!

RIPONNEAU.

Merci, Arsène! merci, femme sobre et généreuse!..

ENSEMBLE.

Air : *Courez vite à la cuisine.* (BOUCHE-EN-CŒUR, acte I.)

RIPONNEAU.

Pour mon cœur, femme chérie,
Ta présence est un besoin;
Mais aujourd'hui, tendre amie,
Je voudrais te voir bien loin.

ARSÈNE.

Lorsque mon estomac crie,
Quand je tombe de besoin,
De ces lieux je suis bannie,
On voudrait me voir bien loin!

MATHIEU, à part.

Lorsque la table est servie,
Et qu'on tombe de besoin,
Ah! c'est vraiment une scie,
A jeun, d'aller aussi loin!

(Arsène rentre dans sa chambre, à gauche.)

SCÈNE V.

RIPONNEAU, MATHIEU *.

RIPONNEAU.

Pourvu qu'elle se dépêche!.. car je ne vis pas!.. Mon fils!.. quitter l'Italie et son ciel bleu!.. et pourquoi? se douterait-il...?

MATHIEU.

Ma foi, Monsieur, je ne serais pas mécontent de le revoir!

RIPONNEAU.

Ni moi! car tu sais combien je l'affectionne?

MATHIEU.

Et il vous le rend bien!

RIPONNEAU.

Crois-tu?.. Il est mon héritier!

* M. R.

MATHIEU.

Quelle idée!

RIPONNEAU.

Mais pourquoi revient-il?.. Un animal que j'envoie en Italie par bonté d'âme!.. et parce qu'il m'agaçait avec son accordéon..! Et il revient sans crier gare!.. Je devrais le rouer de coups!..

MATHIEU.

Voulez-vous que je vous dise?.. J'ai idée que ce jeune homme avait soif de vous embrasser!

RIPONNEAU.

Soif!.. Imbécile!

MATHIEU.

Comme vous le traitez!..

RIPONNEAU.

C'est de toi que je parle!.. Et comment vais-je lui annoncer!.. Ah! c'est horrible!.. ma femme d'un côté, mon fils de l'autre!.. (Tirant sa tabatière pour prendre une prise.) et je n'ai pas de tabac!.. et je n'ai pas de tabac!

MATHIEU.

C'est fâcheux!.. Si Monsieur voulait un doigt de bordeaux pour se remonter?

RIPONNEAU.

Un doigt!.. ce n'est guère! pour me remonter!.. verse-m'en plusieurs... sans oublier le pouce.

MATHIEU, qui a versé.

Voilà, Monsieur* !

RIPONNEAU, le prenant.

Et Arsène qui ne paraît pas! on reviendrait vingt fois d'Italie pendant qu'une femme met son chapeau!.. (Il boit.)

MATHIEU, à part.

Se donne-t-il du tintoin!

RIPONNEAU.

Et l'autre qui peut surgir à l'improviste!.. Tu n'as vu personne?

MATHIEU.

Personne!.. Ah! si!

RIPONNEAU.

Tu l'as vu?

MATHIEU.

Pas lui!.. mais une dame!.. Tournure d'épicière.

RIPONNEAU.

Pour des pruneaux?

MATHIEU.

Je le présuppose!.. et puis, une espèce de singe!..

RIPONNEAU.

Avec un Savoyard?

* R. M.

MATHIEU.

Non, tout seul!.. après ça, c'est peut-être un mortel!..

RIPONNEAU, tirant sa montre.

Voyez si elle partira!.. et voilà l'heure du train de Paris!.. Ah je n'y tiens plus!

MATHIEU.

Vous sortez?

RIPONNEAU.

Pour venir de Tours, mon fils prendra sans doute l'omnibus... je cours à la station.

MATHIEU.

Je saisis!

RIPONNEAU.

J'achèterai du tabac en même temps!

MATHIEU.

Et Madame?

RIPONNEAU.

Presse-la! fais-la partir de gré ou de force!.. Je promènerai mon fils dans mes plantations, je le gorgerai de prunes, ça mangera du temps!

MATHIEU.

Ça en mangera!

RIPONNEAU.

De gré ou de force, entends-tu?

MATHIEU.

J'entends!

RIPONNEAU.

Ah! Je voudrais être plus vieux d'au moins quinze jours!.. (Il sort vivement.)

MATHIEU, le regardant courir.

Se fait-il de la bile! s'en fait-il!

SCÈNE VI.

MATHIEU, BAUDRUCHE.

BAUDRUCHE, entrant par la fenêtre *.

Voyons si le Riponneau est de retour sur l'horizon!

MATHIEU, redescendant la scène.

Moi, j'en ris sous cape!

BAUDRUCHE.

M. Riponneau?

MATHIEU, à part.

Oh! encore le singe!

BAUDRUCHE, traversant en sautillant le pas de gymnastique.

M. Riponneau, mon bon homme ** ?..

* M. B.
** B. M.

MATHIEU.

Il vient de sortir, mon bonhomme, vous le manquez d'une minute, mon bonhomme!

BAUDRUCHE.

Alors, je l'attends au sein de ses pénates! (Il fait des poses.)

MATHIEU, à part.

Encore son tic! (On entend un accordéon.)

BAUDRUCHE.

Tiens, tiens!.. une sérénade!

MATHIEU.

Un accordéon!... c'est lui!

BAUDRUCHE.

Il joue de cette machine-là? Je vais le trouver.

MATHIEU.

Non! un instant!..

SCÈNE VII.

LES MÊMES, SÉBASTIEN.

SEBASTIEN, paraissant au fond tout en jouant*.

Mathieu!

MATHIEU.

Monsieur Sébastien!..

SÉBASTIEN.

Mon vieux Matteo! (Ils s'embrassent.)

MATHIEU.

Il m'appelle Matteo!

BAUDRUCHE.

Quel est ce jeune Iroquois?

MATHIEU.

Vous êtes un peu changé!.. vous avez maigri.

SÉBASTIEN.

Oh! le physique n'est rien! c'est le moral surtout.

MATHIEU.

Il a maigri aussi?

SÉBASTIEN.

C'est étonnant comme les voyages m'ont rendu spirituel!

MATHIEU.

Voyez-vous ça!

SÉBASTIEN.

Trop spirituel même!.. ça me fait faire des bêtises!.. Où est donc papa?

BAUDRUCHE, à part.

Papa!..

MATHIEU.

Il est allé au-devant de vous!

* B. S. M.

SÉBASTIEN.

Sorti!.. tant mieux!.. parce qu'avant de lui défiler mon chapelet, j'aurais voulu voir quelqu'un qui...

BAUDRUCHE, à part.

Le petit Riponneau!.. ô hasard!

SÉBASTIEN.

Il n'a pas reçu de visite, ce matin?

MATHIEU.

De visite!.. Tenez, voilà un particulier qui est déjà venu...

SÉBASTIEN.

Ce n'est pas ça!

MATHIEU.

Et qui veut aussi lui parler!.. je vais l'avertir!.. Vous devez être fatigué?

SÉBASTIEN.

Pas trop, mais j'ai soif!

MATHIEU.

Je le savais bien, mais... (Lui montrant la table à gauche.) voilà du bordeaux*! (A part.) Et Madame qui n'est pas partie!.. (Il sort vivement par le fond.)

SCÈNE VIII.

SÉBASTIEN, BAUDRUCHE**.

SÉBASTIEN, à table.

Il paraît qu'Hersilie n'a pas vu papa!... Je le déplore!.. (Il boit.)

BAUDRUCHE, qui s'est approché en faisant un saût de gymnastique sur sa chaise***.

Jeune homme, j'éprouve une folle envie de trinquer avec vous!.. (Il se verse à boire.)

SÉBASTIEN.

Monsieur, certainement!.. quoique d'un autre côté... (A part.) Il est sans gêne!..

BAUDRUCHE.

Je me nomme Baudruche!

SÉBASTIEN.

Vraiment!.. Que voulez-vous... j'ai bien un oncle qui s'appelle Cruchon!

BAURDUCHE.

Ça m'étonne peu! (Se levant.) A votre santé, beau-frère!

SÉBASTIEN, se levant.

Beau-frère?..

BAUDRUCHE.

Oui, petit!.. (Ils se rasseyent.) Vous êtes épaté! c'est pourtant

* M. S. B.
** B. S.
*** S. B.

comme ça!.. vu que je suis le conjoint de votre illustre sœur!

SEBASTIEN.

Ma sœur Clorinde, qui est en Valachie?

BAUDRUCHE.

Elle a quitté cette principauté depuis son union...

SÉBASTIEN.

Son union!

BAUDRUCHE.

Pas celle de la principauté!.. la sienne avec moi!

SÉBASTIEN.

Avec vous?

BAUDRUCHE.

Aucune puissance occidentale ne s'y est opposée!

SÉBASTIEN.

Et ma sœur?

BAUDRUCHE.

Elle est là! cachée dans le jardin au milieu d'un fourré de noisetiers.

SÉBASTIEN.

Monsieur, je ne doute pas... mais à ma place... il y a des personnes qui vous prendraient pour un...

BAUDRUCHE.

Blagueur!

SÉBASTIEN.

Je ne voulais pas dire autre chose.

BAUDRUCHE.

Ah! jeune infirme! il vous faut des preuves!.. nous sommes seuls!.. on va vous en fournir!.. (Il se lève de table et va à la fenêtre*.)

SÉBASTIEN, à part.

Il y va!.. ce serait donc vrai?

BAUDRUCHE, à la fenêtre.

Pst! pst! (Il fait signe de venir.)

SÉBASTIEN, à part.

Ma sœur Clorinde! je m'en félicite! elle pourra peut-être m'aider.

BAUDRUCHE, revenant.

Je lui ai donné le signal... elle va paraître avec le petit!

SÉBASTIEN.

Le petit quoi?

BAUDRUCHE.

Le petit Baudruche! un neveu dont je vous ai gratifié!.. Il a deux mois, et je le pousse à la gymnastique! ce sera l'honneur de sa race!

* S. B.

SCÈNE IX.

LES MÊMES, CLORINDE.

CLORINDE, un enfant sur les bras*.

Tu m'as appelée, Guguste?

SÉBASTIEN, allant à elle.

C'est bien elle!

CLORINDE.

Sébastien!.. mon frère! (Ils s'embrassent.)

BAUDRUCHE.

Prends garde au petit!

CLORINDE.

Comment, c'est toi!... je ne m'attendais guère...

SÉBASTIEN.

Ni moi, par exemple!... et tu es mariée?...

CLORINDE.

Comme tu vois! mère de famille!

SÉBASTIEN.

C'est comme moi!...

BAUDRUCHE.

Mère de famille?

SÉBASTIEN.

Mais non... ** marié aussi!

CLORINDE.

Toi?

BAUDRUCHE.

En puissance de femme?

SÉBASTIEN.

Je vous conterai ça!... une passion foudroyante!... et papa ne sait rien, j'ai négligé de lui en faire part.

CLORINDE.

Absolument comme nous!

SÉBASTIEN.

C'est pour ça que je viens!

BAUDRUCHE.

C'est pour ça que nous venons!

SÉBASTIEN.

Sapristi!... papa va joliment crier!... Il est criard!

BAUDRUCHE.

Bah!... avec de l'aplomb!... et l'aplomb!... ça me connaît! (Il fait des poses.) Je le magnétiserai!... et s'il hésite! s'il balance, je flanquerai le moutard dedans!

SÉBASTIEN.

Dans quoi?

* S. C. B.
** C. S. B.

BAUDRUCHE.

Dans la balance!... ça la fera pencher.

SÉBASTIEN.

Très-bien ! Beau-frère, je vous en prie, dites-lui seulement que je suis marié!..

CLORINDE.

Ce n'est pas difficile.

SÉBASTIEN.

Je fournirai les détails!

BAUDRUCHE.

Partez tous les deux.... je soutiendrai le choc.

CLORINDE *.

Faut-il emporter le petit?

BAUDRUCHE, remontant à droite.

Du tout!... Personne dans cette chambre... un lit solitaire, voilà ta balle.

CLORINDE.

Ma foi, tant pis! je vais l'y déposer un instant. (Elle entre à droite, troisième plan.)

SÉBASTIEN.

Si vous voyez ma femme, prévenez-la?

BAUDRUCHE.

Soyez tranquille! je compte l'employer dans mes exercices. (Clorinde entre en scène.)

ENSEMBLE.

Air : *Quelle rencontre imprévue !* (MONTENFRICHE, acte II.)

Fiez-vous à mon adresse :
Si le père est entêté,
Je saurai, par ma souplesse,
Franchir la difficulté.

SEBASTIEN.

Je me fie à votre adresse :
Si papa fait l'entêté,
Vous saurez, avec souplesse,
Franchir la difficulté.

CLORINDE.

Je me fie à ton adresse :
Si mon père est entêté,
Tu sauras, avec souplesse,
Franchir la difficulté.

(Sébastien et Clorinde sortent par le fond.)

SCÈNE X.

BAUDRUCHE, puis ARSÈNE.

BAUDRUCHE.

En attendant le Riponneau, égayons ma solitude par quelques manœuvres. (Il se suspend à la porte du fond.)

* S. C. B.

ARSÈNE, sortant de sa chambre, à gauche *.)

On voit bien qu'il n'y a pas de femme ici!... J'ai été une heure à trouver des épingles. (Baudruche saute à terre, Arsène pousse un cri.) Ah!

BAUDRUCHE.

Oh!...

ENSEMBLE, se reconnaissant.

Grands dieux!

ARSÈNE.

Baudruche!

BAUDRUCHE.

Arsène!

ENSEMBLE.

Air :

ARSÈNE.

Surprise extrême!... ô rencontre imprévue!
Un sort fatal en ces lieux l'a conduit!
J'ai peine, hélas! à soutenir sa vue,
Oui, son regard me trouble et m'interdit.

BAUDRUCHE.

Surprise extrême!... ô rencontre imprévue!
Vraiment, le sort en ces lieux me trahit!
J'ai peine, hélas! à soutenir sa vue,
Oui, son regard me trouble et m'interdit!

BAUDRUCHE, à part.

Que diable fait-elle ici?

ARSÈNE.

Baudruche chez mon mari!

BAUDRUCHE, à part.

Soyons subtil! (Haut.) Arsène! chère Arsène!

ARSENE **.

Ne m'approchez pas! ne m'approchez pas!

BAUDRUCHE.

Vous me repoussez?... vous!... toi!

ARSÈNE.

Monsieur! c'est inouï!... tomber ainsi comme une bombe!... comme un revenant!... et pourquoi?... qui vous amène?

BAUDRUCHE.

Ce qui m'amène!... Ton cœur ne te le dit pas!.. Arsène! il y a quelque chose.

ARSÈNE.

Quoi!... que signifie?... (A part.) Aurait-il appris?...

* A. B.
** B. A.

BAUDRUCHE.

Ce ton glacial!.. cet accueil de Sibérie... Arsène!.. vous souvenez-vous de ce que vous m'aviez juré?

ARSÈNE.

Moi!... j'ai juré.... sans doute.... mais...

BAUDRUCHE.

Mais... quoi?

ARSÈNE.

Mais vous-même, Monsieur!... Depuis dix-huit mois, sans nouvelles... Sois franc!... tu m'as oubliée?...

BAUDRUCHE.

T'oublier, Arsène!.. (A part.) Si elle savait que je suis marié!.. (Haut.) T'oublier!... moi, fidèle comme Némorin!.. Némorin II.

ARSÈNE, à part.

Fidèle!... pas de chance!

BAUDRUCHE.

Et toi?.. puis-je encore t'appeler mon Estelle?

ARSÈNE.

Baudruche, écoute-moi : quand tu sauras...

BAUDRUCHE.

Va! je devine!... tu as un amant!

ARSÈNE.

Non, ce n'est pas ça!..

BAUDRUCHE.

Tu en aurais deux?

ARSÈNE.

Aucun!.. Tu étais absent, je passais ma vie dans les larmes, un honnête homme s'est présenté...

BAUDRUCHE.

Avec un mouchoir.

ARSÈNE.

Il m'a offert sa main...

BAUDRUCHE.

Mariée!.. tu serais mariée!.. pas possible!..

ARSÈNE.

Manant!

BAUDRUCHE, à part.

J'y suis!.. c'est la femme du beau-frère de l'accordéon!.. pauvre garçon!

ARSÈNE.

Mettez-vous à ma place! un avenir! un établissement!

BAUDRUCHE.

Femme sans cœur!.. (A part.) Amusons-nous! (Haut.) Tu crois que je souffrirai...

ARSÈNE.

Ah! Baudruche!.. quand tu connaîtras mon mari!..

BAUDRUCHE.

Je lui dirai deux mots, à ton gringalet de mari!

ARSÈNE.

Gringalet!..

BAUDRUCHE.

Je le démolirai de fond en comble!

ARSÈNE.

Baudruche! pas de bêtises!

BAUDRUCHE.

Je n'en laisserai pas pierre sur pierre!

ARSÈNE.

Mais c'est atroce!

RIPONNEAU, dans la coulisse.

Où est-il? où est-il?

ARSÈNE, à part.

C'est lui! je frissonne!

SCÈNE XI.

LES MÊMES, RIPONNEAU, MATHIEU.

RIPONNEAU, accourant *.

Mon fils!.. mon Sébastien!.. (Il saute au cou de Baudruche, et après un grand épanchement, il voit son erreur et le repousse.) Mais, ce n'est pas lui!.. (A Mathieu.) Qu'est-ce que tu es venu me chanter?

MATHIEU.

Il était là tout à l'heure!

ARSÈNE, à part.

Il ne le connaît pas **?

RIPONNEAU.

Tu es cause que j'ai embrassé Monsieur.

BAUDRUCHE.

Ça m'a flatté.

RIPONNEAU.

Vous, c'est possible!.. mais moi, non!

ARSÈNE, à Riponneau.

Prenez garde!

RIPONNEAU, de même.

Hein! Encore ici?

MATHIEU.

Où est-il passé?

RIPONNEAU, à Baudruche.

Que veut Monsieur?.. que désire Madame? c'est sans doute pour cause de pruneaux?

ARSÈNE.

Oui!.. en effet!.. j'aurais désiré...

RIPONNEAU.

Et Monsieur vient pour le même produit?

* B. R. M. A.
** B. R. A. M.

BAUDRUCHE.

Pour le même. Seulement, je les voudrais cuits.

RIPONNEAU.

Cuits!.. Monsieur, malgré les grandes chaleurs de l'été, nous n'avons pas encore pu obtenir... du moins sur les arbres... ce genre de compote... Monsieur est restaurateur à trente-deux sous?

BAUDRUCHE.

Farceur de Riponneau!.. voisi ma carte!..

RIPONNEAU, la prenant, à part.

Il m'offre sa carte!.. c'en est un. (Haut.) Monsieur, je vous dirai franchement que je ne tiens pas les qualités inférieures dont s'approvisionnent les gargottes!.. Il y a pruneau et pruneau!

BAUDRUCHE.

Je connais cet aphorisme.

RIPONNEAU.

Nous avons d'abord la prune de Tours, la seule aristocratique!.. la seule qui soit digne d'entrer dans les palais... délicats!.. la prune d'Agen a aussi son agrément; elle a plus d'apparence... c'est un trompe-l'œil!.. on peut en donner facilement trois quarterons pour une livre!.. j'en ai beaucoup vendu... Quant au pruneau fleuri, il est mignon, coquet et légèrement musqué... c'est le favori des dames!.. Mais jamais, au grand jamais, je n'ai débité ces pruneaux connus sous la dénomination de cadets!.. et qui sont fort goûtés dans un certain monde!.. Ils sont hygiéniques... voilà ce qui fait leur succès... n'est-ce pas, Madame?

BAUDRUCHE.

Charmant Riponneau, cette physiologie de la prune m'a vivement impressionné!

RIPONNEAU.

J'aurais pu m'étendre davantage.

BAUDRUCHE.

Non! c'est assez!.. quand vous aurez traité avec Madame, je réclamerai de vous une conférence. (A part.) Laissons-le avec sa bru et qu'ils s'arrangent.

RIPONNEAU.

A la rigueur, si vous y tenez beaucoup, on pourrait les faire cuire *.

BAUDRUCHE.

Nous en recauserons!.. Je ne vous dis pas adieu!.. (Il se dirige vers la fenêtre).

RIPONNEAU.

Pas par là!.. pas par là*!

* R. B. A. M.
** A. R. B. M. deuxième plan.

BAUDRUCHE.

Oh! moi, je prends toujours le plus court! (Il disparaît par la fenêtre.)

RIPONNEAU, à la fenêtre.

Eh bien! eh bien! Il dégringole par le balcon.

MATHIEU.

C'est le singe de ce matin!

ARSÈNE, à part.

Toujours leste!

SCÈNE XII.

LES MÊMES, moins BAUDRUCHE *.

RIPONNEAU, à part.

Drôle de pistolet!.. (à Arsène.) Et vous, Arsène, vous êtes encore là!.. voilà bien les femmes!.. Il suffit qu'on soit leur mari...

ARSÈNE.

Chut!.. pas si haut! ne prononcez pas ce mot-là!

RIPONNEAU.

Comment, tu me renies pour ton...

ARSÈNE.

Silence! il le faut!.. Je m'expose peut-être!.. mais mon devoir est de vous prévenir!.. méfiez-vous!.. vos jours sont en danger!

RIPONNEAU.

Mes jours?

MATHIEU.

Les jours de Monsieur ** ?

ARSÈNE.

Ah! mon ami, quoi qu'il arrive, ne me condamnez pas!.. une inconséquence, un enfantillage!.. mais coupable!.. jamais!

RIPONNEAU.

Coupable!.. Est-ce que je rêve!.. est-ce que j'ai le cauchemar!

MATHIEU, à part.

Moi, j'ai la vénette!

RIPONNEAU.

Arsène, vos discours sont pleins d'obscurité!.. Je vous somme d'y mettre un lampion!

ARSÈNE.

Je le voudrais, mon ami, car ma tendresse pour vous...

RIPONNEAU.

Des lampions!.. des lampions!

ARSÈNE.

Mais non! J'en ai déjà trop dit.

RIPONNEAU.

Parlez! je le veux!

* A. R. M.
** R. A. M.

ARSÈNE.

Jamais! c'est impossible!

ENSEMBLE.

Air : *Vengeance! Vengeance!* (MONTENFRICHE, finale du deuxième acte.)

RIPONNEAU.

Ah! c'est trop vous taire!
Un aveu complet!
Ou dans ce mystère
Je vois un forfait.

ARSÈNE.

Non, je dois me taire!
C'est avec regret!
Mais je ne puis faire
Un aveu complet.

MATHIEU, à part.

Pourquoi ne pas faire
Un aveu complet?
Ah! dans ce mystère,
Je crains un forfait!

(Arsène sort par le fond.)

SCÈNE XIII.

RIPONNEAU, MATHIEU *.

RIPONNEAU.

Mes jours!.. On en veut à mes jours!.. mais qui?.. où est mon antagoniste?.. (à Mathieu.) Ce ne peut être toi, Mathieu?

MATHIEU.

Moi, Monsieur!.. vous tuer!.. Est-ce que j'en ai l'habitude?

RIPONNEAU.

C'est vrai!.. ce serait la première fois!

MATHIEU.

Je ne vous connais pas d'ennemis!

RIPONNEAU.

Aucun! mais alors, à quoi bon m'ôter la vie?.. Dans quel intérêt? Elle ne peut servir qu'à moi!

MATHIEU.

On ne sait pas! Il y a des gens qui tirent parti de tout.

RIPONNEAU.

Va me chercher ma carabine!

MATHIEU.

J'y pensais!... et si on vous approche, commencez par...

RIPONNEAU.

Ne bavarde pas!

MATHIEU.

Je m'y conforme. (Il sort.)

* M. B.

RIPONNEAU.

Arsène!... ma femme!... ses demi-mots!... ses réticences!... que dois-je augurer?... (Prenant une prise.) On dit que le tabac éclaircit la vue!... j'ai beau en prendre, je ne vois rien!... Retirez-vous donc des affaires pour être tranquille!

Air : *J'en guette un petit*, etc.

Pour vivre en paix des fruits de mon commerce,
J'avais quitté le poivre et l'amidon,
Bravant le monde et la fortune adverse,
J'étais heureux et gai comme un pinson.
Mais les soucis sus ma tête s'amassent,
Ah! je devais m'attendre à la douleur!
Un épicier n'eut jamais de bonheur
Sans que des chagrins s'y mêlassent.

Oh! oui, je suis navré! Tout m'est suspect!... jusqu'à ce restaurateur qui escalade les balcons!... Escalader les balcons, ce n'est pas là le fait d'un homme vertueux!... Voyons sa carte!... (Il lit.) Baudruche, professeur de gymnastique!... (Parlant.) de gymnastique!.. et il veut des pruneaux cuits!... c'est fabuleux! c'est fabuleux!

SCÈNE XIV.

RIPONNEAU, SÉBASTIEN *.

SÉBASTIEN, venant par le fond.

Le voilà!...

RIPONNEAU.

Il faut que je trouve un moyen...

SÉBASTIEN.

Papa!... c'est moi!

RIPONNEAU.

Sébastien!... mon rejeton!.. viens sur mon cœur!...

SÉBASTIEN.

Volontiers, papa!... vous n'êtes donc pas en colère?...

RIPONNEAU.

Mais si, au fait!... tu m'y fais penser!... Pourquoi avez-vous quitté l'Italie et son ciel bleu?

SÉBASTIEN.

Pourquoi? Vous n'avez donc pas vu Baudruche?

RIPONNEAU.

Le cabrioleur?... tu le connais?

SÉBASTIEN.

Légèrement.

RIPONNEAU.

Je l'ai vu!... après?

* R. S.

SÉBASTIEN.

Est-ce qu'il ne vous a pas appris?...

RIPONNEAU.

La gymnastique? Mon embonpoint s'y oppose.

SÉBASTIEN.

Non! mon affaire!...

RIPONNEAU.

Quelle affaire?

SÉBASTIEN.

Dame! papa!... vous comprenez!... je ne suis pas venu de là-bas sans des motifs!...

RIPONNEAU.

Tant mieux!... un musicien qui a des motifs, c'est si rare!

SÉBASTIEN.

Ceux-là... et d'autres!

RIPONNEAU, à part.

Fichtre!... Est-ce qu'il saurait que je suis..?

SÉBASTIEN.

Papa! qu'est-ce que vous pensez du mariage?

RIPONNEAU.

Du mariage!... (A part.) Il sait tout! (Haut.) Du mariage? Et de quoi te mêles-tu, polisson?... Je suis libre, entends-tu!... Je peux prendre une seconde femme, une troisième, une quatrième.

SÉBASTIEN.

Oui, papa!... tant que vous voudrez!...

RIPONNEAU.

Tant que je voudrai!

SÉBASTIEN.

Mais alors, Baudruche ne vous a pas dit...?

RIPONNEAU.

Quoi? voyons, quoi?

SÉBASTIEN.

C'est que c'est assez capital!... Je comptais que Baudruche vous porterait le premier coup...

RIPONNEAU.

Le premier coup!

SÉBASTIEN.

Parce que moi, après ça, j'aurais eu moins de peine à vous achever...

RIPONNEAU, à part.

M'achever!...

SCÈNE XV.

LES MÊMES, MATHIEU *.

MATHIEU, bas à Riponneau.

Monsieur, elle n'a pas de chien!

* M. R. S.

RIPONNEAU, de même.

Qui ça?

MATHIEU.

Votre carabine!

RIPONNEAU.

Pas d'armes!

SÉBASTIEN, à part.

Je crois que je ferais mieux d'aller chercher ma femme! (Il sort par le fond.)

MATHIEU, bas à Riponneau.

Monsieur, il se passe ici des choses...

RIPONNEAU.

Quoi encore?..

MATHIEU.

D'abord, Madame n'est pas partie!

RIPONNEAU.

Ah!

MATHIEU.

Et puis, tout à l'heure, je suis entré là, dans votre chambre, par l'autre porte!.. (Il indique la chambre à gauche.) Et j'ai vu...

RIPONNEAU.

Quelqu'un sous le lit?

MATHIEU.

Non, dessus!.. Un enfant au berceau!

RIPONNEAU.

Au berceau!.. sur mon lit!.. Tu ne lui as pas demandé ce qu'il faisait là?

MATHIEU.

Si fait!.. Il ne m'a pas répondu!

RIPONNEAU.

Vois-tu?.. Un enfant!.. j'y suis!.. je tiens le fil!..

MATHIEU.

Vous croyez?

RIPONNEAU.

C'est mon fils!

MATHIEU.

Il est à vous?

RIPONNEAU.

Mais non! mon fils, Sébastien!.. Il n'osait pas m'avouer!.. Viens ici, chenapan!.. Eh bien! où est-il?

MATHIEU.

Disparu!

RIPONNEAU.

Cours après!.. et rapporte-le-moi, mort ou vif!..

MATHIEU.

Ah! tout ça est bien triste!

RIPONNEAU, le poussant par le fond.

Va donc! (Baudruche entre par la fenêtre.)

SCÈNE XVI.

RIPONNEAU, BAUDRUCHE*.

RIPONNEAU, effrayé.

Hein!..

BAUDRUCHE, à part.

Voyons si ça marche!

RIPONNEAU, le voyant.

Tiens! c'est vous?.. et toujours par les fenêtres?

BAUDRUCHE.

Ceci est un détail!..

RIPONNEAU, à part.

Tenons-nous sur le qui-vive!

BAUDRUCHE.

Délicieux Riponneau!.. Je m'étais chargé de vous faire avaler une pilule.

RIPONNEAU.

Une pilule?

BAUDRUCHE.

Autrement dit, j'aurais à vous dévoiler un petit secret de famille...

RIPONNEAU.

Je sais!.. la mèche est éventée!.. Mon enfant a un... fils... c'est-à-dire... mon fils a un enfant!

BAUDRUCHE.

Lui!.. ah! le cachotier!.. Il ne m'avait parlé que de son mariage!

RIPONNEAU.

Son mariage?.. Il est marié?

BAUDRUCHE.

Vous l'ignoriez?

RIPONNAU.

Tout à fait!.. ce n'est pas que j'en sois désolé sous un point de vue!.. Mais avec qui, grand Dieu!.. une aventurière?

BAUDRUCHE.

Hé! hé!.. elle m'a l'air d'une gaillarde... Du reste, elle a dû vous dire...

RIPONNEAU.

Elle! Je ne l'ai pas vue!

BAUDRUCHE.

Mais si!.. tout à l'heure!.. Je vous ai laissé avec elle?

RIPONNEAU.

Qui? la dame aux pruneaux?..

* R. B.

BAUDRUCHE.

Justement!... les pruneaux étaient une frime!

RIPONNEAU.

Elle!... vous divaguez!... je la connais!...

BAUDRUCHE.

Vous connaissez Arsène?

RIPONNEAU.

Arsène?

BAUDRUCHE.

C'est bien elle!... Arsène Dumoulin!

RIPONNEAU.

La femme de mon fils!... c'est faux! c'est une imposture!..

BAUDRUCHE.

Riponneau!

RIPONNEAU.

Dites-moi que c'en est une, vous me ferez le plus grand plaisir.

BAUDRUCHE.

Mais, divin Riponneau, je le tiens d'elle-même, de sa propre bouche!

RIPONNEAU, à part.

Arsène!.. ma femme!... la femme à deux maris!... ça s'est vu!... Au fait, son trouble... son langage décousu... O ciel!... ce serait un grand malheur, savez-vous?

BAUDRUCHE, à part.

Il paraît que sa bru ne lui revient pas!

RIPONNEAU, à part.

Mais alors, mon fils!.. c'est donc lui qui en veut à mes jours! Il est mon rival! et il parlait de m'achever!.. horreur!.. Baudruche est son complice!.. et je n'ai pas d'armes!.. sans défense!

BAUDRUCHE, à part.

Est-ce bien le moment de révéler que je suis son gendre?

RIPONNEAU, à part.

Oh!.. la recette de Robert Macaire! . (Il tire sa tabatière et en verse le contenu dans sa main.) Une once de tabac dans ma paume.

BAUDRUCHE, le regardant.

Qu'est-ce qu'il manipule là-bas?

RIPONNEAU, à part.

Pour cinq sous!.. Je ne le regrette pas! il est trop sec!.. et au moindre mouvement, je les aveugle!

SCÈNE XVII.

LES MÊMES, SÉBASTIEN.

SÉBASTIEN, accourant *.

Ah bah! tant pis! je risque le paquet!

* S. R. B.

RIPONNEAU.

Te voilà donc, misérable!

SÉBASTIEN.

Ah! vous savez!.. Baudruche vous a dit?..

BAUDRUCHE.

J'ai narré l'aventure!

SÉBASTIEN.

Eh bien! oui, papa, c'est vrai!.. il faut en finir!

RIPONNEAU.

En finir! scélérat! Tu es pressé?

BAUDRUCHE.

Et moi aussi, agréable Riponneau!

RIPONNEAU.

Et tu as le front de me déclarer en face...

SÉBASTIEN.

Oui, j'ai pris mon parti!... ma femme est là qui attend!

RIPONNEAU.

Elle aussi!... (A part.) L'infâme!

SÉBASTIEN.

Voyons, papa, soyez gentil!.. tenez, je vous ai rapporté un petit bibelot d'Italie! je crois que le manche vous fera plaisir!.. (Il tire un stylet de sa poche et le sort de son fourreau.)

RIPONNEAU, voyant le stylet.

Un poignard!..

SÉBASTIEN.

Et ça coupe!... on se ferait la barbe avec ça!... voyez, plutôt!... (Il veut s'approcher.)

RIPONNEAU.

Ne m'approche pas!

SÉBASTIEN.

Ah bah!... Vous avez beau faire le méchant, il faut que je vous... (Il s'avance en ouvrant les bras pour l'embrasser.)

RIPONNEAU.

Ah! brigand!... (Il lui jette du tabac dans les yeux.)

SÉBASTIEN.

Oh! la, la!... oh! la, la!...

BAUDRUCHE.

Comment!... satané Riponneau!...

RIPONNEAU.

Tiens!... (Il lui en jette aussi.)

BAUDRUCHE.

Ah! bigre! ah! chien!

MATHIEU, accourant.

Monsieur! Monsieur!...

RIPONNEAU.

Tiens!... (Il lui en jette.)

MATHIEU.

Aïe! aïe! aïe! aïe!

RIPONNEAU.

Sapristi!... il m'en est entré dans l'œil!... (Ils parcourent la scène tous les quatre en courant et en piétinant.)

SCÈNE XVIII.

LES MÊMES, ARSÈNE.

ARSÈNE, venant de la droite avec un enfant sur les bras *.

Ces cris!.. on se tue! on s'égorge!

RIPONNEAU.

Femme éhontée! souffle-moi dans l'œil... tu oses étaler devant moi ce forfait vivant!.. Souffle-moi donc dans l'œil!

ARSÈNE.

Mais, mon ami, cet enfant!..

RIPONNEAU.

Il faut que je l'écrase! (Il veut le prendre.)

ARSÈNE.

Vous ne l'aurez pas!

RIPONNEAU, le prenant.

Il faut que je l'écrase!

SCÈNE XIX.

LES MÊMES, CLORINDE, puis HERSILIE.

CLORINDE, entrant vivement **.

Ah! écraser mon fils!...

RIPONNEAU.

Clorinde! ma fille!...

CLORINDE.

Mon Dieu! oui, c'est moi!... et voilà mon enfant!

RIPONNEAU.

Ton enfant!.. Il a deux mères?

CLORINDE.

Par exemple!.. Je suis bien la seule.

RIPONNEAU.

Toi!..

SÉBASTIEN.

Mais oui, papa***!

RIPONNEAU, à son fils.

Monstre! tu as épousé ta sœur! voilà ce que tu as fait!

TOUS.

Oh!..

SÉBASTIEN.

Oh! papa!

* S. R. A. B. M.
** S. A. R. C. B. M
*** A. S. R. C. B. M.

BAUDRUCHE.

Mais affreux Riponneau, c'est ma femme!

RIPONNEAU.

Qui?

CLORINDE.

Mais, moi!

RIPONNEAU.

Toi!

BAUDRUCHE.

Elle!

RIPONNEAU.

Vous seriez mon gendre?

BAUDRUCHE.

Vous êtes bien mon beau-père!

ARSÈNE, à part.

Marié!.. le galopin! (Hersilie entre par le fond.)

SÉBASTIEN.

Oui, papa!.. (Il a été au-devant d'Hersilie.) Et voici la mienne!

HERSILIE, voulant embrasser Riponneau.

Oh! padre mio! padre mio!

RIPONNEAU.

Elle m'appelle padre!.. c'est une Savoyarde!

SÉBASTIEN.

Non, papa! Elle est de Monaco, mais elle n'a pas le sou!

RIPONNEAU

Ça m'est égal! Je ne tiens pas aux sous de Monaco!

MATHIEU, à part.

Tout ça est bien triste!

HERSILIE.

Perdonate!..

CLORINDE.

Vous ne nous repoussez pas?

RIPONNEAU.

Je devrais vous flanquer un savon!.. mais je ne tiens plus cet article!.. D'ailleurs vous êtes mariés!.. c'est un malheur! tout le monde est sujet!.. Et moi-même. (Présentant Arsène qui a remonté **.) Voici la mienne!

BAUDRUCHE, à part.

Arsène!.. oh!

ARSENE, à part.

Il est vexé!

SÉBASTIEN.

Comment, papa, vous êtes marié?.. Ah! si j'avais su ça!

BAUDRUCHE.

Et moi donc!

* A. S. H. R. C. B. M.
** S. H. A. R. C. B. M.

RIPONNEAU.

Et moi donc !

ARSÈNE.

Et moi donc!

MATHIEU.

Et moi donc !

RIPONNEAU.

Oui, mais nous ne savions rien!.. et c'est peut-être un bonheur!.. car, voyez-vous, mes enfants, si les hommes savaient tout ce qu'ils ne savent pas, ils n'apprendraient plus rien, ce qui les ferait tomber tôt ou tard dans l'ignorance!

CHŒUR FINAL.

Air :

Ici tout nous présage
Les destins les plus beaux,
Nous vivrons en ménage
D'amour et de pruneaux.

RIPONNEAU, au public.

Messieurs, rassurez-vous!.. je ne viens pas vous faire de l'esprit... ce serait porter l'eau à la rivière!.. Non!.. ce que je vais vous dire a deux avantages énormes : c'est très-court, et c'est excessivement bête!

Air de *M. et Madame Denis.*

L'honnête monsieur Denis
Fut chanté dans tout Paris,
C'était un juge indulgent,
Souvenez-vous en (*bis*)
Et quant aux pruneaux de Tours
Il s'en souvenait toujours!

TOUS.

C'était un juge indulgent, etc.

FIN.

LAGNY. — Imprimerie de VIALAT.

www.ingramcontent.com/pod-product-compliance
Ingram Content Group UK Ltd.
Pitfield, Milton Keynes, MK11 3LW, UK
UKHW021116290826
14628UKWH00014B/2589

9 782019 660529